書之樹

獻給烏威，謝謝他始終支持這本書。——P. C.

獻給我先生席拿，他和亞羅一樣愛書。——R. K.

iREAD

書之樹

文　　字　保羅·薩傑克
繪　　圖　拉辛·荷里耶
譯　　者　黃聿君
責任編輯　徐子茹
美術編輯　杜庭宜

發 行 人　劉振強
出 版 者　三民書局股份有限公司
地　　址　臺北市復興北路 386 號 (復北門市)
　　　　　臺北市重慶南路一段 61 號 (重南門市)
電　　話　(02)25006600
網　　址　三民網路書店 https://www.sanmin.com.tw

出版日期　初版一刷 2019 年 11 月
書籍編號　S859031
I S B N　978-957-14-6718-4

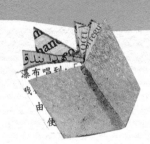

書之樹

保羅‧薩傑克／文

拉辛‧荷里耶／圖

黃聿君／譯

三民書局

亞羅在樹上找了一個舒服的位置，
翻開書，深深吸氣。

故事的開頭一向最精采，
散發出無限可能的氣味。

「鎮長先生，對不起！
我看書看得太入迷，
不小心讓書掉下去了。」

「這太荒謬了！書很危險！
我才不信任書。書就像種子，
會讓想法發芽，然後萌生疑問。
你需要知道的事情，由我告訴你就好。」

鎮長先是沒收圖書館裡的書，再沒收鎮上所有的書。
他把書通通撕破，最後只剩一張完整的書頁，
被吹過的微風輕輕帶走。

書頁隨風飄過鎮上，亞羅跟在後頭追著。
飛舞的書頁，讓亞羅想起許願時吹散的蒲公英種子。

書頁落地，被溼潤的泥土一個字、一個字的吞沒。

亞羅心想，或許鎮長是對的。畢竟，他是大家選出來的，
會這麼做一定有他的道理。
不過，亞羅發現，沒了書，整個小鎮都變了。

在學校，老師沒東西可以朗讀，説故事時間變成了瞌睡時間。

沒了食譜，餐廳只能供應乾穀片。沒人上戲院，因為演員沒劇本可演。

而亞羅最喜歡的地方——架子上空蕩蕩一片。

亞羅坐在最後一張書頁被吞沒的地方。
他好想念翻開新書時，書背發出的啪哩啪哩聲。
他好想念書頁的氣味和爽脆的質地。
不過，他最想念的，還是沉醉在大冒險裡的感覺。

亞羅伸出手指，傷心的在地上寫下三個字。
不管什麼書，「全書完」都是最糟的部分。

亞羅盯著自己寫下的字，
看著看著，腦海中浮現出了想法。

他拿出紙筆，讓想法盡情在紙上流動。

故事寫好了，亞羅在人來人往的街上大聲朗讀。
不過，沒有人停下腳步聆聽。

就在這個時候，亞羅聽見了
他以為再也聽不到的聲音——
那熟悉的啪哩啪哩聲。

亞羅一邊聽，一邊找聲音從哪裡來。
他看到先前書頁被吞沒的地方，竟然冒出了小樹苗。
樹苗展開一片片的葉子，請亞羅再多說一些故事。

亞羅每寫完一個故事，就大聲朗讀，讀著讀著，
樹苗也跟著長成大樹。亞羅寫了巨人的故事，
樹苗便向上竄高，往雲端伸展。

亞羅寫了噴火龍的故事，
樹枝就變得跟龍爪一樣堅硬。

亞羅寫了魔法紙天鵝的故事，
於是枝葉間冒出一朵朵紙花苞，
綻放出一本本的書。

等書本成熟，亞羅爬上書之樹的枝椏，
深深吸了一口氣，開始享用他努力耕耘的成果。

當亞羅在樹上看著書，朋友路過樹下，對亞羅說：
「我好無聊，都沒事可做。」

「要不要看書？」亞羅說。

「那是……書？」

「對啊。來吧，我好愛這個故事。」
亞羅一面回答，一面伸手把朋友拉上樹。

他們一起坐在蔭涼枝葉間看書。

不一會兒，樹上就坐滿了看書的人。
書像花粉，隨風飄送到鎮上每個角落。

大家再度燃起看書的渴望。有些人還自己寫故事，
栽種出一棵棵書之樹。

火紅楓樹上，圖畫書盛開。
垂柳載滿詩句，果樹上滿滿的都是食譜。

書之樹一棵棵成長，鎮上瀰漫著濃濃書香。

鎮長忙著處理公務，完全沒察覺鎮上異狀，
直到一本熟透的書，掉落到他頭上……

砰！

鎮長暴跳如雷。
「這些樹是誰種的？」

「是您種的。」亞羅回答：
「您把書撕破的時候，就種下了想法。」

「怎麼可能！這已經是我第二次
被書砸到頭。這些樹一定得砍掉。」

「可是鎮上到處都是書和故事，
您沒辦法把它們全都砍掉。」

鎮長巡視大街小巷。他在一家五星級餐廳大快朵頤，
到公園看了一場表演，最後拿起一本講小男孩在水窪
捕鯨魚的書，看到入迷。

「這一切都是書的功勞？」鎮長驚嘆。

「不，」亞羅一面說，一面遞給鎮長一本剛摘下的新鮮故事書：
「書只是種子而已。」

保羅 · 薩傑克

小時候不擅長閱讀和寫作，
從沒想過有一天會成為作家。在
科學領域工作二十年後，發現實驗室
已無法滿足他的創造力。現在，他
希望自己的著作能成為新一代
故事園丁的種子！保羅現居
美國紐澤西州。

拉辛 · 荷里耶

是一位插畫家、作家、
動畫導演與畫家，享譽
國際，獲獎無數，有七十多
本童書作品在全球各地出版。
她生於伊朗，目前是馬里蘭
大學學院市分校教授。拉辛
現居美國華盛頓特區。